KB070954

만횡청, 보이는 것이 어디 전부랴

만횡청, 보이는 것이 어디 전부랴

—

초판 1쇄 2024년 7월 15일
지은이 장재
펴낸이 김영재
펴낸곳 책만드는집

—

주소 서울 마포구 양화로3길 99, 4층 (04022)
전화 3142-1585·6
팩스 336-8908
전자우편 chaekjip@naver.com
출판등록 1994년 1월 13일 제10-927호
ⓒ 장재, 2024

—

—

ISBN 978-89-7944-872-6 (04810)
ISBN 978-89-7944-354-7 (세트)

책 만 드 는 집
시인선 243

만횡청,
보이는 것이
어디 전부랴

장재 시조집

책만드는집

| 차례 |

1부   목수 일기

2부 오두막 일기

3부   빅셩 일기

4부   황혼 일기

1부
목수 일기

붉고 하얀 나이테
사용 치수에 들지 못한 토막과 토막들
그 가슴을 쓴다

■ 나의 직업은 목수이며, 문화재 기능보유(대목장) 제2472호입니다.

소매물도에서

나 진즉 여기 와서 목 놓아 울어볼걸

그랬다
밀려오고 밀려와서 아물지 못해 스크랩된 스물여섯 날
의 그리움
저 끝없는 바다로 떠난 동백꽃
슬픔 없는 세상에 다다르지 못하고 이지러져
꺼이꺼이 울부짖는 소리
나 진즉 여기 와서 널 껴안고 울어볼걸
그랬다

쉼 없이 떠가는 너울
그도 같이 울어준

달개비꽃

손가락 마디마디 아우성 터져날 듯

불룩한 관절에는 어쩌누 핏물 고여

멍이 든 꽃을 피우네

웃음조차 푸르네

왼쪽 둘째 손가락

왼손에 잡은 연필
호되고 어설프다

덕택에 오른손잡이로 자랐는데 아이고 이게 무슨 놈의
팔자인지 길지도 짧지도 않은 왼쪽 둘째 손가락
　날이 날마다 망치질로 밥벌이해야 하는 그의 주인 잘못
만나 요리조리 맨날 얻어맞는구나 그게 그냥 맞는 것이
아니라 모서리에 모질게 얻어맞아 멍들고 터지다가 나을
만하면 또 맞는구나 길든지 아예 짧았으면 이런 수난 당
하지 않았을 것을

언제나 피멍 가득한 왼쪽 둘째 손가락

유혹인지 삶인지

국화가 만발하니 하루 더 주무셔요

서른 해 보냈어도 또 하루, 하루만요

서까래 속살의 유혹 다시 없는 대들보

옥천사*에서

여느 곳 물줄긴들 꽃 하나 못 피우랴 솔바람 구름 소리
샘물로 솟는 옥천 어진 이 여기 이르러 연꽃 속에 피운 뜻

천년 더 천년까지 그 향기 아늑하니 구태여 여기 와서
인간사 말 말아라 노송의 가지 끝에서 청 하늘이 웃는걸

연화산 자락마다 흘러간 풍경 소리 풀벌레 몸짓까지 맑
아라 이르시니 때 절은 가슴이나마 옷깃 다시 여민다

* 경남 고성에 있는 고찰. 고시 공부를 한답시고 머물렀을 때 쓰고, 15년
뒤 목수가 되어 그곳 성보박물관을 지을 때 퇴고함.

서러운 아픔

지금쯤 그 목수는 아내를 용서했나

몇 달에 한 번쯤 집에 갈 수 있는
산으로 둘러싸인 곳
줄줄이 흐르는 땀 가슴으로 훔쳐내며
　허옇게 소금 밴 낡은 셔츠를 입고 피멍 가득한 손으로
아내의 생활비와 아들딸 학원비를 송금하고 오던 그는 해
맑게 웃었다
　언제부턴가 밤잠 설치며 연신 담배를 피우던 그는 치목
장 저편에 서서 세상 업보 모두 다 내려보며 배신의 밧줄
에 목을 감은 채 대롱대롱 매달려 서럽게 울고 있다

　집 나간 그의 아내는 그의 울음 듣는지

귀천,* 좀 그렇다

아직도 무더위는 끝나지 않은 모양

고급 아파트 엘리베이터에서 유통기한 훨씬 넘긴 돈가
스를 청소 아주머니께 수고한다며 건넸다는 TV 뉴스
고관대작 후손으로 지금도 넓은 땅 가지고 있는 그 지
역 유지의 기와 저택을 보수할 때 건네주던 간식들
딱히 유통기한은 찍혀 있지 않았지만 버리기는 아깝고
자기들 먹기에는 좀 그런
속이 훤히 보이는 음식들
꾸역꾸역 허기진 배 채우면서 땀인지 눈물인지 겨를 없
이 일해야 했던
그날들이 오두막 뒤뜰에 느닷없이 찾아와서는 풀잎 위
에 토닥토닥 빗방울로 떨어지고 있다

직업도 귀천했는가
지금이나 그때나

* 천상병 시인의 시 제목 '귀천歸天'을 '귀천貴賤'으로 에둘러 차용함.

개밥

오가는 달빛 별빛
빗장 없는 오두막

운 좋게 팔린 인력시장 언저리
하루를 마감하고 하루치 땀을 충전하는 돼지국밥집
세상이 힘든지 몸이 힘든지 반 그릇밖에 먹을 수 없다
충분히 남은 한 끼 분량의 밥과 국, 가져갈 것인가 두고
갈 것인가를 고민하다가 "아주머니 여기 봉지 하나 주세
요" 밥과 국 봉지에 쏟아붓는다
서너 살 딸아이와 저녁을 먹는 가족들
"엄마, 저 아저씨는 먹고 남은 것을 왜 가져가는 거야?"
"응, 개 주려고 그런단다" 멍멍 – 멍~ 귀가 운다
꿈이 눅눅한 오두막 부엌에서 뉘 볼세라 다시 끓이는
국밥
누구나 행복해야 할 세상, 오늘은 일거리 있으려나 국밥
의 개가 되어 멍멍기리며 이른 아침을 먹는다

빛나서 부끄러워라

옅어지는 새벽 별

간석지에 사는 갈대

허리가 저리도록 바람을 맞으면서 코끝의 물결 따라 키
키운 여윈 모습 개펄에 묻힌 한이야 목을 뽑아 감추고

큰 파도 상처 입고 못 잊어 떠올리며 풀어진 그 옷고름
다시금 여미고서 철새를 끌어안으며 울먹이다 잠드는

검은등뻐꾸기의 기억

자, 자, 자, 물이라도 마시고 하입시다

뻐꾸기 우는 소리 데불고 망치 소리가 메아리로 돌아오
는 늦은 봄
바심질 거칠다고 한소리 했던 치목장 분위기 반전을 위
해 뭔 말이라도 해야겠는데 스님이 옆에 계셔 홀딱 벗고
전설 이야기 차마 하지 못하고
산토끼다~ 산토끼다~ 치목하는 목수 손등 구경하시는
스님 그 등 뒤에서 검은등뻐꾸기 자꾸만 울어댄다
스님 저기서 산토끼가 웁니다 산토끼나 잡으러 갈까요
앳된 얼굴 스님은 하하하 하하하 산토끼 아닌데요
도편수 반색하며 산토끼 맞는데요 산토끼다~ 산토끼다~
그러잖아요 스님

이놈은 아직도 중생
산토끼만 쫓네요

나의 주량

아내의 잔소리는 반병만 마십니다

옛 애인 생각에는 한 병을 마시고요

아들이 배고파 울면 한 병 반을 마셔요

지나간 작업 일보

지나간 작업 일보
뒤적인 비 오는 날

그날도 오늘처럼 비 오고 바람 불어 공친 날이었구나
  안전장치 하나 없는 곳에서 위험수당도 없이 지폐 몇 장
을 위해 목숨 걸어놓고 둥그런 도리 위에서 목도를 하며
손발을 맞춰야 했던 김 씨, 이 씨, 정 씨, 그날의 그 대목들
  오늘처럼 비가 오는 날이면 쑤셔오는 어깨와 알 수 없
는 허전함으로 우두둑 소리 내는 무릎관절 움직여 가며
지금 나처럼 늙어가고 있겠지

  한갓 삶 지나온 흔적 빗속에서 펼친다

투잡 two job

인어의 숨비소리 목수의 망치 소리

반인반수 왕국에는 켄타우로스 발소리, 머리 두 개 달린 목수도 살고 있다

왼쪽 어깨 우두둑 주무르는 소리, A4 용지가 먼지에 끼익 눌리는 소리, 자꾸만 나타나는 치목 치수에 들지 못한 토막들의 혼령, 슬픈 메아리로 돌아오는 긴 여운의 망치 소리, 먹칼이 흩뿌린 판자에 밴 소리, 소리와 소리가 연출하는 저문 날의 뮤지컬, 나무토막에 쓴 또 하루의 편린, 연장보다 더 애지중지 챙겨 왔지만 데칼코마니처럼 번져버렸거나 너무 흐릿하여 해독하기 어려운 밤

투잡 삶 겨울지라도 두드리는 키보드

삼류 시인

글쓰기 좋아하며 지은 죄
하도 많아
다정히 가야 할 곳 저만치 따라가는
삼류는
아내에게도 누가 되며 사는 삶

소나기

빗소리 아니 들려 가만히 창을 연다

그때 그 소리 우르르 달려드네
슬픈 메아리로 돌아오는 망치 소리, 치목 치수에 들지
못한 토막들의 혼령, 톱 소리, 빗소리, 청태 번지는 소리,
자외선 쏟아지는 소리
한 달 내내 흘린 땀의 대가 받아 들고 열심히 살아도 고
작 이거냐고 하늘 쳐다보며 원망도 했었지

관절이 쑤셔오는 날 다시 창을 열었다

목수 양반, 술 담배는 언제 끊나요

소주에 담가보는 아리는 어깻죽지

내 몸이야 어떻게 되든지 말든지 상관하지 않겠소만, 오늘 벌어야 내일 먹일 수 있는 새끼들이 있기에 비 내리고 공치는 날이면 소주잔에 손이 가오 "가수, 군수, 교수님들, 같은 돌림자의 목수도 있소이다" 수 자 노래 불러봐도 위안 아득 멀어지고 부르고 부르다가 흐르는 눈물 주체 못해 저 하늘 쳐다보며 피워 물던 담배까지, 이제는 날이 날마다 습관처럼 마시고 피워 물고 있네-그려, 내 몸이야 어떻게 되든지 말든지 너와 나 술 마시는 날 없고 날이 날마다 밥벌이할 수 있는 그런 세상, 저 높디높은 사람들이 만들어주었으면 좋겠네-그려, 설움이라는 말 없어지고 그 자리에 환희라는 단어가 춤추었으면 좋겠네-그려

얄궂은 진눈깨비는 그칠 줄도 모르네

점안식에서

산바람 일어서고 하늘은 구름 함께
눈을 그린다
젖은 눈을 그린다
32상 80종호 나뭇잎에 그린다
폭포는 소리와 함께 점안식 법당으로 모여들어 무얼 얻
으려 하는가 무얼 씻으려 하는가 각각의 소원은 손에서
손을 통하여 맘에서 맘을 통하여 저 광배光背까지 오색실
에 실려 가고 처마 끝 풍령風鈴 울리며 밀려드는 산안개,
엇결 옹이 다듬었던 큰 자귀에 밴 욕심, 공수래공수거 시
린 손등 비벼보면
속눈썹 가득한 햇살
일곱 색깔 품었다

가장

내 피곤 짜증 될까 두려운 저녁 시간
아들은 숙제하고 그 옆에 동그마니
두 눈을 비비고 있네
드러눕지 못하네

목수와 중절모

개망초 줄기 끝에
몸으로 시를 쓴다

그랬다
쓴다는 것과 피운다는 것, 짓는다는 것은 다르지 않았다
꽃을 피우는 개망초의 마음이 그렇고 집을 짓는 목수의
챙모자가 그랬고 시를 쓰는 시인의 모자가 그랬다
　꽃의 시인이 세상 떠난 통영의 하늘
　꽃은 웃음을 잃었다
　땀 밴 챙모자 들추고 처음 들어가 본 백화점
　시커먼 얼굴 감추려 신분 세탁 한다며 멀뚱거리는 모자들
　시를 쓰다가 밥벌이 목수가 되었는데 늦가을에 무슨 시
를 쓰느냐고 의심하는 모자들을 둘러보고
　꽃의 시인이 즐겨 쓰던 그 색깔의 중절모에 사흘 치 일
당을 투자한다
　그날 이후 꽃의 시론 한 권 더 늘어놓고
　아롱다롱

꽃시를 쓰기 위해 중절모를 쓴다

그란디
모자 쓴다고
꽃의 시가 써질지

■ 꽃의 시인으로 회자되던 시인이 돌아가신 날 하루를 쉬면 하루를 굶어
야 했던 목수 일을 미뤄둔 채 통영시민회관 빈소에 조문하고 영정 사진 속
에 있는 중절모와 똑같은 중절모를 사면서 머릿속에 내내 메모했던 것을
20년 후쯤에야 씀.

2부
오두막 일기

바람과 구름
별빛까지 쉬어 가는 곳
는개에 차츰 굵어지는 낙숫물
그 소리를 쓴다

■ 목재를 다듬고 보관하는 창고를 나는, 나의 오두막이라 부릅니다.

하늘길

달빛만 드나드는 오두막 봉창에서
낮에는 뻐꾸기가 밤이면 소쩍새가
그 울음 하도 서러워
나도 지긋
눈 감네

목마름 알았을까 여우비 지나가고
짙어진 매미 소리 그 누굴 부르시나
내다본 허허한 길섶
상사화가 피었네

자드락 개망초꽃 흰 웃음 바래는데
갈바람 오기 전에 그 가을 시를 쓰는
오두막 삼류 시인은
하늘길을 꿈꾸네

■ 뻐꾸기와 소쩍새의 전설과, 상사화와 개망초꽃 꽃말을 떠올리며 씀.

한갓 삶일지라도

산기슭 억새 엮어 오두막 지은 나날 굵은 땀 흘린 만큼
툇마루 훔치다가 갈바람 산 넘어오면 감국 향을 섞겠네

세상과 맺은 인연 오롯이 펼쳐놓고 달빛에 서성이는 홍
매화 그리면서 잔설이 녹는 소리도 여백으로 담겠네

낙숫물 멎어 들고 밤하늘 총총한 날 은하수 넘쳐흘러
하늘길 밝혀주면 오두막 기나긴 적막 사뿐 밟고 가겠네

한그루,* 겨울 갈대

하얗게 바랜 앞섶
개펄에 묻은 소망

목 뽑아 기다려도 하늘은 잿빛이다

휘감는 바람이 분다
궁근 허리 저리다

* '한 그루'가 아니고, '한 땅에서 한 가지 농사만 짓는 일'을 뜻하는 순우리말.

진동 모드

새로 산 접이식 폰
사용법 익히듯이

그냥 지나치기에는 너무나 조용한 산책길
안녕하세요
첨 보는 사람이지만 스치며 인사를 한다
묵묵부답 마이동풍 사자성어가 솟구쳐 이글거린다
엄니도 내가 문 여는 소리 듣지 못하고 한글에서 그림
으로 줄 잇기 문해 교육 숙제를 하고 계신다
무뚝뚝하거나 사랑 없어서가 아니라는 것 알기까지는
그렇게 오랜 시간이 걸리지 않았다
내게는 아직, 가슴에 꽂을 보청기 하나도 없었나 보다
휴대폰 진동음이 울린다

모르면 입 닫으시게
문자 한 줄 와 있다

졸혼* 10년, 장미 축제 가는 날

어쩌면 하는 마음
덧없이 쌓여간다

기지국 피뢰침에 하늘이 걸려 있고
그 하늘 가장자리까지도 비켜선 채
흰 장미 붉은 장미 번갈아 피고 졌다
아침 이슬이 되어 자꾸만 잊히려 하는데
풀리지 않는 어젯밤의 꿈
장미 축제에 가기 위해 읍내 다방에 모인 반쯤 늙은 친
구들
혼밥*에 삼식이*가 되어 각방 쓴다는 서글픈 푸념을 한다
어이! 친구들 나는 졸혼 10년에 각집까지 쓴다네

차창 밖 스치는 오월
또 하루를 더한다

* 2000년대 이후에 생긴 문화적 신조어.

윤이월

눈 녹자 짙어가는 이른 봄 뻐꾹 소리

친구 어머님 부음을 받는다
엄니가 보고 싶다
엄니 좋아하시는 요플레 한 통 사서 어머님 뵈러 가야
겠다
　슈퍼에 벌써 나온 수박, 특별한 날 아니면 덥석 사게 되
지 않는다던 어머님의 저 수박, 친구에게 어머님 부음을
전한 뒤에는 사드리고 싶어도 사드리지 못할 수박 하나
더 사 들고 갔었지만 덩그런 집에 구순 노모를 혼자 두고
오는 길

오늘 밤 뒷산 뻐꾸기 슬피 울면 우얄꼬

오두막의 개망초꽃

올해도 개망초꽃 하얗게 웃어주네

철도 침목 속에 숨어 들어온 것 죄가 되어 나라 망하게
하는 꽃이라는 누명 소리 들었는지 비좁은 바위틈에서 하
얗게 살고 있다

그를 큰 꽃으로 만들어주지 않은 것은 욕심 버리고 어
디에서나 소박한 꿈 펼치라는 주문이었나 보다

그에게 가시와 넝쿨을 거두어들인 것은 그의 오만으로
약한 이들을 더욱 핍박할 것 알았나 보다

모두가 그의 이름을 개망초라고 부른 것은 유명해지는
날 잘난 체 더욱 거들먹거릴 것 알았나 보다

개망초 흐드러지고
달이 뜨는 오두막

여름나기

산그늘 내려오면 마당 풀 같이 매고 풀벌레 울음소리
모두 다 들어주며 밤하늘 무수한 별들 내미는 손 잡는 일

빙고! 손님이 오셨다

흐미야! 요즘에도 이런 집 있었군요

아~예, 이런 집을 오두막이라고 그라지요
저것은 모정이라고, 일하다가 쉬는 곳이고요
산그늘 따라가며 마당의 풀도 뽑고요
뉘 올까 기웃대는 길섶 산딸기도 익습니다
밤이면 달빛 별빛 책갈피에 끼우면서
먼 훗날
한갓 내 모습 그려보고 그러죠

별리 소야곡

어둠 속 내리는 비 빗소리 들어보면 가만히 다가오는
지난날 세레나데 언제나 슬픔이었지 가슴 깊이 묻었다

누구를 부르실까 한 줄기 바람 소리 말없이 기약 없이 밤
새워 내리는 비 그 별리別離 서리어 있는 희뿌연 창 훔친다

겨운 듯 잦아드는 빗소리 가득 담고 풀잎에 맺혀 있는
눈물도 따 담아서 덧없이 쌓이는 노래 그대 향해 부르는

몽유도원도를 영인하다

*

내 잠시 쉬었다 갈 오두막 벗이 되어
텃밭과 모정茅亭 이름 지웠다 다시 쓰고
풀꽃들 이야기 두엇
받아 적어 좋은 곳

**

감국 향 살짝 밴 갈바람 찾아오면
귀뚜리 소리 담고 찬 이슬 고명 얹어
툇마루 적막 거두어
겸상으로 맞으리

***

산그늘 길게 뻗어 짧은 해 걷힌 하루
서러움 잊었는지 소쩍새 울지 않네
달빛에 홍매화 필까
기다리는 또 한 밤

맛있니

잊을까 덜컥 겁난
말 잊은 오후 나절

고독이나 묵언수행도 아닌 오두막스테이
전화도 찾아오는 사람도 없는
염소마저 키우지 않았으면 영영 잊어버렸을 것 같은 말
내내 침묵하는 겨울 해는 짧다
군불 연기 쫓아가며 내일을 약속하는 노을 속 갈바람
떡갈잎 한 잎 염소 앞으로 밀쳐놓는다

맛있니
간간이 묻는
염소에게 하는 말

겨울 억새

가냘픈 목을 뽑고 지난봄 돌아보며 센 카락* 바랜 앞섶
에둘러 감추지만 갈바람 피할 길 없어 야윈 몸을 흔든다

오세요 오시와요 하얀 꿈 펼친 자리 사랑도 그 무엇도
남은 건 텅 빈 하늘 산그늘 디디고 서서 한갓 삶을 재운다

* 하얗게 된 머리카락.

겨울 쑥부쟁이

갈바람 내려오고 억새꽃 날리는 날
다시 꼭 오겠다던 그 약속 기슭에서
그리움 달래는 마음 흰 이슬로 덮었네

무서리 내린 곳에 파리한 얼굴 하나 웃음을 잃지 마라
스스로 최면 걸며 산그늘 내릴지라도 마냥 웃고 서 있다

외로이 피어 있는 꽃이여 누님이여 동짓달 바람에도 연
보라 웃음 띠며 이제야 말하려 하네
숨긴
전생
이야기

쑥부쟁이꽃 앞에서

봄여름 긴긴날에 하마나 오시려나

거류산* 구절산*이 저만치 어울리고 속싯개* 가을 강가
에서 이제 막 피어나는 쑥부쟁이꽃을 볼 일이다 나는 얼
마를 더 살고 또 얼마를 더 울어야 꽃이 될 수 있는가 허
기진 사랑이어라 허기진 사랑이어라

흰 이슬 가득 머금은
쑥부쟁이 저 한생

* 임진왜란 때 두 차례 승전했던 당항포 부근에 있는 경남 고성의 지명.
■ 쑥부쟁이의 꽃말 '그리움', '기다림'을 생각하며 씀.

입하, 여름이 일어서다

흙수저 늪에 빠져 허우적 꿈을 꾼다

보릿고개 오르는데 저만치 밭둑에서 시작 노트를 들고
있는 개망초꽃 깔깔거리며 웃고 있는 꿈, 무서워라 무서
워라

오늘 밤
잠 못 들겠다
뻐꾹새가 또 운다

달무리 꽃이 되어

먼 하늘 달려가는 자드락 바람 소리

친구는 저곳에 묻혀 있습니다
일찍 고향 떠나 부자가 된 내 친구의 형은 시의원에 당
선되었습니다
그 형이 성묘 오는 날, 어릴 적부터 고향에 붙박여 살며
해마다 조상 묘를 벌초하던 내 친구의 몫과 이태 전에 죽
은 그 친구의 묘까지 벌초를 마친 뒤 지폐 몇 장 받아 든
열닷샛날 밤
달빛 아래 앉아서 친구가 좋아하던 나의 시를 읽어줍니다
"꼭 다문 꽃잎 속에 내 마음 숨겼는데
덩달아 피었는지 저 언덕 달맞이꽃
서울 간 내 친구 얼굴 달무리로 떠 있는"

내 친구 웃던 그날이
달무리가 되었네

졸혼 4

프란츠 카프카 님
제일 싼 카프카 님

저승 생활 근 100년 동안 소설 많이 쓰셨겠네요 책은 많이 팔리나요 이승 이곳은 동방의 나라, 며칠 있으면 조상님 오시는 날
도미 한 마리 30,000원
민어 한 마리 18,000원
조기 세 마리 20,000원
쌀 한 되는 고작 4,000원
코로나 파도에 휩쓸려 돌아누운 가자미의 눈 다섯 개 32,000원
탕, 포, 전, 적, 나물, 대추, 밤, 곶감, 배, … 찌고 굽고 말린 것 냉장고에 넣으면서 아들, 손자, 며느리 명절증후군 씻은 듯이 낫기를, … 제사 음식도 만들어놓고 팔아서 다행이다 다행이다 음식처럼 만들어진 시에 길든 시를 쓴답시고 어정어정 구부정한 몸으로 독백 같은 시를 쓰는 써

는 쓰는 써는…

저는요
졸혼 이후에
인스턴트 됐어요

3부
빅셩 일기

변덕스러운 하늘보다 발 디딘 땅이 더 미덥더라
소리 내어 울지도 못하고
낮게 엎드린 채
그 하루를 쓴다

■ 나는 백성보다 못한 빅셩.

유월의 유튜브
－아! 대한민국 2023

노둣돌 흔들리고
비 오고 바람까지

조용한 아침의 나라
한쪽으로 굽이지며 물에 쓸린 징검다리
너는 죽더라도 나는 살아야지
스토킹에 죽고 묻지마에 죽고 왕따에 죽고 생활고에 죽
고 보험금에 죽고 할로윈에 죽고 사기당해 죽고 공장에서
죽고 우회전에 죽고, 죽고 죽고 또 죽고, 뻔뻔하고 부끄러
운데 죽지 않는 그도 있다 인구 줄어들고 법전은 자꾸만
두꺼워지는데 글 쓰는 사람들은 계몽의 펜일까, 약자의 대
리 펜일까, 자기 유희 펜일까 촌계관청은 아니잖소 물개박
수에 꽃을 노래하다가 뻘쭘하게 또 꽃만 노래할 것인가
오십보백보일지라도 쌍시옷 입에 물고 한 행을 생략해야지
아 ─ 욕되어 글 쓰기가 부끄럽다

넝쿨손 허공 그리듯
유월 한낮 저 몸짓

피자가 먹고 싶어요
— 돈쭐*난 피자 가게

반지하 컴컴한 곳 잔물결 일렁인다

　이 컴컴한 곳에서 아내를 떠나보내고 엄마를 멀리 보내고, 하필이면 5월 5일 다섯 번째 생일날에 피자가 먹고 싶다는 딸아이, 엄마 없는 아이는 아빠를 조르고 가진 것이라곤 전화 사용료, 월세, 가스비 따위의 밀린 고지서와 숨 가쁜 작업화 한 켤레, 전화 끊기기 전에 부탁이라도 해보자 피자 가게에 전화를 걸어 다음에 꼭 갚겠다는 약속을 한다 배달된 피자 박스에는 "따님의 생일을 축하합니다" 따님이 또 먹고 싶다면 전화하시라는 메모가 들어 있다 토론회 한 번에 기천씩 들어가는 대통령 선거는 다가오고 국민이여 잘살게 해드리겠습니다, 그런 공약들은 뿌려지는데 일하고 싶어도 일할 곳 없는 역병에 갇힌 반지하 공간에서, 텅 빈 피자집에서, 부녀 자살을 막았다며 미디어 사이사이 잔잔히 퍼지는 안도의 물결

　사람아 꽃 진다 한들 마음까지 질 텐가

* 여럿이 힘을 보태서 매출을 높여준다는 뜻의 신조어.

58

반려동물 출입 금지 구역

앞서거니 뒤서거니 딸랑.딸랑.딸랑.딸랑~ 나도
종이에요

의. 식. 주. 그중에서 제일이 주.인 세상

나의 철학이 뭐냐 하면 말이야 무조건 넙죽거리는 것이
여~ 이상한 주인일지라도 순종하고 재롱만 피우면 그만,
식당이나 공연장에서 받아주지 않아도 돼요

주. 계신 정신과 병동 뒷간지기 될래요

흐미야~ 안 돼요.돼요.돼요.

십이간지 우화
– 2020년도를 살면서 짓다

벌거숭이 임금님
당나귀 귀 임금님

　태초에 하늘님께서 땅을 만들고 그 위에 동물과 식물 만드시어 햇빛과 구름 내리게 하셨더란다
　하루는 동물 중에서 열두 짐승 고르시어 이름 지어주신다는 말씀 있으셨더란다 자 축 인 묘 진 사 오 미 신 유 술 해 먼저 오는 순서대로 고운 이름 주신다고 말씀하셨더란다 하늘님 말씀 잘 새겨들은 우직한 소가 먼저 왔지만 약삭빠른 쥐, 그의 등을 타고 오다가 폴짝 뛰어내려 일 등이 되었더란다 하늘님 말씀 대충 들으며 내가 낸데 하던 짐승들 뒤늦게 깨우치고 앞서거니 뒤서거니 그런대로 어울리는 이름 하나씩 받았는데 돼지란 놈은 흐릿한 달빛 드리울 때까지 먹다가 자다가 마감 직전에 도착하여 꼴찌로 이름 받았더란다
　하루해가 지나고 하늘님의 또 다른 말씀, 오늘은 모두에게 예쁘고 튼실한 고추를 달아주신다고 하셨것다 아쉬웠

던 일 등, 한 번은 놓쳤지만 두 번까지 놓치랴 말이란 놈 먼저 와서 제일 큰 것 달고서는 이것마저 뺏길세라 초원으로 달려가 버리고 말보다 빨리 달리지 못한 친구들은 고만고만한 것 하나씩 달고서 자기네 사는 곳으로 뿔뿔이 들어가서 아기자기 종족 번식 하였더란다 먹다가 자다가 싸다가 돼지란 놈 뒤늦게 도착하니 남은 것 없었더란다 울면서 애원해도 고추 묶었던 *끄나풀*밖에 없었더란다 이거라도 달고 가거라 태초의 하늘님 말씀 건성건성 들었기에 *끄나풀* 같은 꼬불꼬불한 고추를 달고 똥 묻은 귀 팔랑이며 내내 해해거리고 웃다가 자다가 싸다가 십시일반 힘 모아서 파랑 기와집을 지어줘도 신뢰와 비격진천뢰 떨어지는 줄 모르고 SNS랑 모형 촛불 켜놓고 포퓰popul 하다가 리즘ism 하다가 놓쳐버린 무학대사께서 남기신 말씀, 돼지 눈에는 돼지만 보이는 법입니다

   촛불이 걸맞지 않은 똥만 싸는 돼지들

사설시조가 모던하면 자유시조 되는 기라

우리도 자유시가 있었는데… 가객 조상님들 미안
심니더
무지한 쉰네들이 게을렀고 세상이 마니 변했심니더
AI 시인의 도전에 가리느께 정신 번쩍 들지만, 지
지난해
문학진흥법으로 詩 장르에서 시조가 독립했다 아
닙니꺼

만다꼬 요리조리
썼다가 지워쌓노

그냥 니 하고 싶은 말을 전부 다 하다 보면 음보와 가락
은 저절로 생기고 어절과 음절도 맞아지고 하는 기라
그리 써놓으면 AI도 못 따라오고 우짜다가 좋다는 사람
도 있고 하니 고려 말부터 만횡청으로 노래하셨던 가객님
들도 좋아하실 기라
그란디 전개 문장은 글타 처도 도입 문장 14음절과 마

침 문장 15음절은 여기서 쓴 거맨치로 딱 맞아야 정체성
있는 모던한 시조가 되거덩
　이거는 살째기 하는 말인디, 전개 문장에서 맞겄다 싶은
어절을 여기서 뚝 저기서 뚝 떼어갖고설랑

　앞뒤로 툭툭 던지면
　자유시조 되는 겨

　　　현대시조라꼬 그람시로 어먼 데로 가고 있는
　　　정형시조 정체성에 대해서는 『시조논객』 책을 보
　　　든지
　　　다음에 말해주꺼마

바람이 불어오네

소낙비 퍼붓겠네 헝클어진 바람 분다
좌익 우익 마타도어 핑퐁 핑 내로남불
어질던 동구 밖 아재
미간 가득 이는 바람

주식 바람 펀드 바람 속아도 사는 복권
부동산에 코인 바람 흙수저로 푸는 바람
에라이 불쌍한 것아
바랄 것을 바라라

바람에 색깔 입혀 눈가에 내걸었다
관셈보살관셈보살 구순의 내 어머님 나만 보면 뇌신다
바람은 바람이 되고 흔들리는 나뭇잎만 보아도 눈물 글썽
거리는데 노을에 비친 나와 내 어머님의 막차 시간표까
지… 초라하고 남루한 모습이 되고 바람은 또 바람이 되
어 삭대엽 중중모리 색색깔로 맺히는 날
바람이 쓰담거린다
토닥이며 지난다

만횡청, 그 가락을 모방하다

– 잠깐 오는 봄

1

아~이러니 하거로, 왜~이러니 참말로

어느 짙은 가을날 사고 쳐 도망 오는 범죄자처럼 배신의 선을 넘다가 응징하는 총에 맞은 북촌 하전사가 있었지

한쪽에서는 죽이지 못한 것을 통곡하며 탄광이 있는 교화소로 끌려가고 또 한쪽에서는 반쯤의 시체를 살려냈다고 백성에게 빌려 쓰는 집에서 자기 녹봉으로 낸다면서 뜬금없이 점심을 산다 배 속에 지렁이 가득하여 총상 그것보다 지렁이를 잡아내며 진땀 뺐다는

반듯한 입술의 의사 이국종도 있었지

*

근본적인 국법을 바꿔야 하는데도~ 화합과 소통을 강조하다가 적폐 청산이라니 순간 인기몰이에 희생되는 인적 청산의 칼날이 섬뜩해라

잘난 시인들은 꽃을 노래하고 사색의 시만 쓰고 있는데 벌목도와 낫을 들고 산속으로 들어가서 샘물로 목 축이며

하늘에 칼날을 갈아야 하나

　저 달빛 등지고 앉아 만횡청을 부를까

　　**

　누구나 공감하는 동학의 농민운동~ 그 공부는 아직 끝
나지 않았는데 자기 생각과 맞지 않는 답을 냈다고 죽이
지 못해서 안달하는 광대들

　기간을 채우지 못하고 쫓겨 나간 어리석은 정권 밑에서
파리처럼 앞발 뒷발 비벼가며 밥벌이 잘못한 죄로 미투me
too리를 둘러쓰고 반쯤 죽어가는 또 하나의 광대들

　그 정권 발판 삼아서 그저 잡은 이 정권

　　***

　선인의 말씀에는 백성이 땀 흘리면~ 그 땀을 닦아주고
백성이 아파하면 그 아픔 대신하며 백성의 손발이 되라
하셨는데

　행복하고 반듯한 세상을 외치면서 차기 고을 수령 출사

표에 선심과 거들먹거림만 적혀 있을 뿐, 꼭꼭 숨겨놓은
시커먼 마음과 탐욕을 적어 넣지 않는 인간들

　한동안 이명을 잃고 힐링하는 오두막

　2
　왜~이러니 참말로 아~이러니 하거로
　동북아 호령하던 발해국은 백두산 화산 폭발이 있었던
그 이후 서쪽 견제 세력의 신하 나라가 되었다는 우리네
슬픈 이야기
　인권유린과 핵실험 대가로 북촌은 메마른 채 이글거리
고 있는데 뭐가 그렇게 조급하고 아쉬운가 남촌 올림픽에
서 남촌이란 지명을 빼고 초대하더니 그것도 모자라서 공
짜로 먹여주고 재워줄 테니 많이만 와주세요~용용용 애
걸이라니
　어이구 모자란 것들 치국 생각 말거라

*

아이고 아까베라 우리는 못 줍니더~ 여태까지 갖다준
기 올맨데 우리가 낸 세금 돌리도 어서 돌리도

변안열 씨 족보에 「불굴가」는 있더니만 나라님 칭송하
는 글이 없는 것은 칭송할 게 있어야 했을 거 아니겠나 다
리 하나 없어서 노동도 하지 못하는 불쌍한 노숙자는 외
면하며 남촌에 와서 방귀만 뀌고 갈 간나새끼들에게는 머
땜시 돈을 쓸 끼고 말이다 이 소갈머리 없는 것들아 이제
는 세금 독촉장 보내지 말거라

퍼주는 적폐 청산은 운제까지 할 끼고

3

아~이러니 하거로 평~이라니 어이구

기어코 넙죽거리며 포퓰리즘 강의는 시작되었다

한반도기 앞세우고 공동 입장 시작되고 서울 한복판에
서 동족들이 하는 시범과 공연은 용용용 어용 방송으로

중계되면서 우리가 당한 6.25의 교훈(공산이라는 이름으로 돈깨나 있어서 버티는 놈들은 죽창으로 찔러 죽이고 공동 재산에 귀속시킨다는 명분으로 고추 몇 포기를 심었고 평균 몇 개가 열렸는지까지 조사했다)을 흐리게 하겠지 니들이 원하는 통일 되는 날 우리들이야 시키는 대로 굶주리면 되지만 무슨 죄목이라도 씌워지게 될

니들의 그 모가지는 댕강댕강 잘릴걸

*

국제적인 약속을 하루도 못 채우고~ 뒤집어엎는 통치자와 그래도 따지지 못하고 읍소하며 끌려다니는 또 하나의 통치자

가관이로다 달빛 아래 더듬어 잡은 속 빈 참게를 믿고 비트코인 20#30천만 원을 날린 것도 모자라서 북촌 살림까지 챙겨주는 니들을 천사라고 해야 하나 등신이라고 해야 하나 북촌 요구로 언론을 질책하면 지금 북촌이나 지난 독재 정권의 언론 탄압과 뭐가 다른지 포퓰리즘에 가

려져 있는 겨울날이 어둡다

에라이 못난 것들아 차리거라 정신 좀

4

평~이라니 어이구, 아~이러니 하거로

동계올림픽이라? 그런데 왜 이러니 이슈는 북촌의 치맛바람, 빨간 치맛바람만 호외로 발행되어 남촌에서 퍼져나간다

협조 공문 하나에 벌벌 떠는 니들이 언론인인가, 권력의 하수인인가 참으로 나라 망신이로다 얼음올림픽 이후 썩어 문드러질 울창하던 저 산하와 번듯한 건물들은 또 어디로 가서 어떻게 쪼그려 앉아 울어야 하나 권력의 포퓰리즘 정책은 잘할 때만 가능한 것이라고

한파는 윙윙거리며 제주도로 가는데

*

자꾸만 떨어지며 삐삐거리는 맥박~ 부여잡고 발버둥 치고 있다 그냥 놓아버려라 치적에 얽매이지 마라 무소유가 약이니라 이미 저승으로 행차하신 법정 스님께서 타이르신다 남촌과 북촌의 잔치가 끝나면 그때는 또 뭘 먹고 뭘 가지고 살아가려 할 것인가

봄볕에 얼굴 내미는 새싹들도 없는데

**

토템적인 솟대로 몇 번의 상호 방문~ 선지처럼 굳어진 그 유일사상을 해결하려 하는가? 범인보다 못한 죄인 될 꿈이거늘

소 떼를 몰고 금강산으로 가려나 노벨평화상을 다시 받으려나 이미 식어버린 국과 밥 또 누구에게 먹이려고 하는가 남촌의 등신 정권이나 북촌의 엇질 정권 모두 다 거기서 거긴 오늘

한두 번 속으면 되지 또 속아 갈 등신들

막달라 마리아의 눈물
– 윤석열 정부 출범하는 국회 광장에서

죄 없는 자 있거든 여기 돌을 던져라

광장 기웃거리는 티베리우스 병사들이여 로마가 그리운
가 카프리 바닷물과 갈릴리 호숫물 섞이고 요르단강 마르
는 날 기다리시는가

동학이나 보도연맹 곁뿌리로 만든 그 붉은 죽창은 이제
내려놓으시게나 손등도 손이 되고 손바닥도 손이 되는 역
사를 쓰시게나

일곱 사탄과 간음한 여자이면서 예수 부활 보았다고 나
사렛의 돌을 던져 그 돌에 맞고 있을지라도

막달라 마리아 되어 두 눈 질끈 감는다

두껍아 두껍아

코로나 지나가면
두껍아 새집 다오

이태를 지나는 동안 그 강가에는 집을 짓지 않았다 그
곳 내려다보는 서낭당 나무 올해는 움 틔우려는지 추적추
적한 진눈깨비도 반갑다고 인사를 한다 덩달아 덩달아서
두 번의 설 명절과 두 번의 추석 명절 두 번의 조상님 제
사도 지나쳐 버리고 코로나로 죽은 수많은 제사도 차례차
례 다가오고 있는데 우한 코로나로 울 며느리 명절증후군
씻은 듯 나았으면 좋겠네 델타 코로나로 시골 할머니 대
문 빗장 채우지 않는 그리움 공유해 보았으면 좋겠네 오
미크론 코로나로 웬만한 외로움쯤 이겨나가는 그런 글쓰
기였음 좋겠네

코로나 그대 떠나면 그리울까 아닐까

낙엽을 쓸다

– 굶어 죽었다는 작가를 생각하며

이태 전 갈바람이 마당에 서성이면

바람 든 눈 비비면서 옆지기랑 다툼을 벌여야 하네 지
난봄 제비 집 지을 무렵에 두네, 마네, 싸웠던 것처럼 오늘
도 쓰네, 마네, 한바탕해야 하네 싱그러운 여름날 그늘 가
득 내리던 곳, 고향 떠나지 못하는 맘 그냥 그대로 살다가
그럭저럭 살다가 바람 따라서 가고 싶은 그곳으로 가시게
그냥 두면 아니 되겠는가 도움 주셔서 고마워요 행복했어
요 쓸려 가고 쓸려 나가네

잎 되어 다시 오거든 떨어지지 마시게

그해 여름

갑자기 쏟아진 폭우
밀어닥치는 빗물
대를 이어 가난하게 산, 그것이 죄가 되었다

아들아 사랑하는 나의 예쁜 딸들아

그날 밤 내 어머니
어찌 눈을 감으셨을꼬
반짝이는 어머니별을 가슴에 품은 제삿날
반지하 단칸방에는 물이 차오르고
공장에서 시달린 몸 깨우는 소리

내 새끼
예쁜 딸들아
일어나렴 아들아

그리고 그들은
영원히 돌아오지 못했다

그놈이 그놈이다

이 또한 지나가면 쪼잔한 가렴주구

낙하산 타고 들어간 만화경 속에서 도다리 눈으로 춤추는 듣보잡, 가당찮고 가당찮아 우유나 은유보다 더 고소한 직유를 마시며 산속에 오두막 짓고 TV나 라디오도 없이 산다 설계비 허가비 전용비 등록세 취득세 재산세 부가세… 쎄,쎄,쎄 손뼉 놀이를 하며 주민세까지도 내고 전기세도 낸다 애당초 라디오나 TV도 없었는데 전기세 고지서에 꼬박꼬박 붙어 나오는 시청료, 따지려 찾아간 한전에서는 친절하게시리도 여기로 전화하시라며 전화번호까지 적어주지만 며칠째 전화하는 시간만 탕진해 뿔고,뿔고,뿔고… 빨강 파랑 원피스 아 – 아 사랑했던 님은 산산이 부서진 이름이 되어 갈라치기 해뿔고 감성 이용해 뿔고 내로남불 해뿔고 어줍이와 촉새는 생긴 그대로 놀아뿔고 오 – 오 눈물겹도다 달님이시여 높이높이 돋으시어 「정읍사」를 외치며 공포까지 쏘아 올리는데 이 풍진세상에 시인은 꽃만 노래해 뿔고,뿔고,뿔고… 전화하면 뭐 하냐 〈그놈이 그놈이다〉라는 KBS 드라마 홍보만 실컷 하더니* 지금은 전화를 못 받는다나 허 - 고것 - 참! 전기 안 쓰고 어케 배길 것인감 고작 담배 한 갑도 못 사는 월 2,500원뿐이라고 나처럼 포기하는 백성 수십 수백 수천만 될 수 있으니 젠장! 사는 게 뭔지 사람이 먼저인지 돈이 먼저인지 에이~쒸! 한 번도 경험치 못한 사람이 먼저이면 뭐 하나 개~뿔, 부화뇌동 동이불화 어용 딱지 쫄깃쫄깃 씹으며 공영이라 우기시고 젓국에 밥 말아 먹은 뻔뻔이 아줌마는 소설 쓰고 있으시고 훈아 아재는 은유 마시며 테스 형만 찾으시고 나는 직유 꼴깍이며 44번 버스 영화 속 승객으로 있을 뿐인데…

언제쯤 KBS 앞에 내 글 한 장 붙을까

<hr/>

* 이 글을 쓸 때 KBS에서 드라마 〈그놈이 그놈이다〉를 방영하고 있었음.
■ 한용운 「님의 침묵」, 김소월 「초혼」, 백제 가요 「정읍사」 일부를 차용함.

슬픈 일이거나 무식하게 미쳐가는 놈

―역병 코로나19에 부쳐

    ―2019년 12월 이전까지 그는
    간당간당한 직장이라도 있었지만
    요즘의 그는 인력시장에서도 잘 팔리지 않는다
    요행히, 자원한 선거운동원에 뽑혀
    사는 것이 무언지
    타이어 분진 마셔가며
    길거리에서 춤을 추고 있다

푹 삶은 소 대가리 우러난 국물까지
        ―앗싸 가오리~ 앗싸 가오리~
공짜로 드시라며 입마개 왜 주나요?
        ―오예 코로나~ 오예 코로나~
한 번도 경험치 못한 판타지아 만화경

        ―노세 노세 젊어서 놀아~ 늙어지면 못 노나니~
        화무는 십일홍이요~ 달도 차면 기우나니라~
        얼씨구 절씨구 차차차~ 지화자 좋구나 차차차~

만화방창 호시절에 아니 노지는 못하리라 차차차~

■ 에필로그 부분은 속요 노랫가락을 차용함.

전설 따라 삼천리
−고성 진산*이 우는 소리

소가야 성님들요 산탈이 났는갑소

이 산 저 산 다 놔두고 하필이면 내 허리를 와 이라요
교사리에 있는 사직단*이 풀숲에 묻히기 전까지는 나도
엄연히 진산이나 주산 대접 받으며 원님들 절 받아묵고
그랬소이다
내 허리 다 파묵고 머시 그리 좋습디까
아무리 신식 세상이지만 눈 감고 SNS 하고 있습니꺼
그라모 소리라도 한번 들으보실라요
내 허리 내놔라~~~ 내 허리 내놔라~~~
소가야 도읍지에 난데없는 역병으로 장사는커녕 빈집
늘어나서 잡초만 무성한데 한양 몹쓸 인간들의 당파 싸움
까지도 전염되어 이 패 저 패로 나뉘더니 형 동생 다독이
며 우애 있던 이 땅에서 흉측한 내 허리는 뒷전이고 서로
우리 나으리 뽑겠다는 구시렁거리는 소리도 섞여서 날이
날마다 들려오는 으스스한 저 소리
내 허리 내놔라~~~ 내 허리 고쳐놔라~~~

서북쪽 지켜온 진산
서러워서 어쩌누

* 진산(주산)과 사직단: 고성 향토사 연구 자료를 참고함.

만횡청, 보이는 것이 어디 전부랴

걸쭉히 닿는 봄볕
한나절 길디길다

이 봄날, 검고 희고 푸를지라도
에헤라 데헤라 에야 데야 연역법으로 놀아보자
덩더쿵 덩더꿍 처용가 4행은 각오이사시양라일 테고
자리를 보아하니 음탕코 보잘것없지만
그 유래 오래되어 버리지 못한 것은
진즉부터 인구 소멸 걱정이었을 테고
설사례가 퍼트린 노래는 수허몰가부 아작지천주일 테고
"대사님은 불심만 깊으신 줄 알았는데 목수 일도 잘하
시나 보죠"
요석공주 콧소리는 실경, 도낏자루일 테고
배꼽 잡고 죽은 백성은 훤한 대낮 임금님 속곳 차림일
테고
얇은 사 하얀 고깔에 감춰진 건
파르라니 깎은 머리일 테고

외래 시 판을 치고 우리 것 그리울 땐
초장과 막장으로 요리하란 것일 테지요

이두문 그 노래까지
언문 속에 흐르네

■「처용가」, 만횡청류 발문, 설총 출생 설화, 안데르센 동화, 조지훈「승무」
일부를 차용함.

4부
황혼 일기

시작$_{詩作}$ 40여 년
고작 몇 권의 문집
뉘엿뉘엿
잦아드는 모정$_{茅亭}$의 바람
그 바람을 쓴다

■ 茅亭은 2015년부터 쓰는 저의 세 번째 별호이며,
원명 密陽人, 乙洪, 개명 朴長在, 필명 장재입니다.

나의 뜰 나의 매화

나의 뜰 나를 닮은 매화가 눈 비비며 양지쪽 개울 건너
저 웃음 들었는지 무뎌진 계절 숨기고 그를 따라 피었네

서릿발 동토 끝에 봉긋한 미소 한 입 더 더도 덜도 말고
나날이 그랬으면 검붉은 홍매화 되어 나의 뜰로 오셨네

먼저 펴 흩날리는 저 꽃잎 서러워라 못 온단 그 말씀은
지난밤 주셨으나 내 맘에 쌓였던 꽃잎 그마저도 가셨네

너덜겅에서 한그루,* 비에 젖는 산벚꽃

연초록 캔버스에 자화상 그린 나날
뻐꾸기 찾아오고 소쩍새 울 때까지 봄볕 하냥, 갈볕 하냥
뻐꾹뻐꾹 소쩍소쩍 하냥 하냥 섞은 마음
덧칠에 덧칠하며 하얀 꿈 키우다가
하
  르
    르
사나흘 웃음
늦은 봄날 하르르

* '한 그루'가 아니고, 순우리말 '한그루'.

버들꽃 날리는 날
– 순천문학관에서

멀어진 파도 소리
난청으로 살았다

한발 내디디면 개펄인 것을
기나긴 가뭄
밀려드는 바닷물에 버티다가, 버티다가
신록 문턱에서 생의 마지막 숨 몰아쉬는 버들가지
탯줄 달린 내 아이야
다시는 나의 길 걷지 마라

아득한 바다 향하여
하얀 눈물 뿌린다

별이 된 친구여

별밤을 노래하다 별밤이 된 친구여

자네가 흐느끼며 살았던 이곳, 되돌아보면 점보다 더 작을 여기 이 흐릿한 지구 북반구쯤 윤동주문학관 찾은 내 모습 보이시는가

여긴 아직도 서로를 미워하고 성심 꼴깍이며 그저 배 아파하는 겉과 속이 배배 꼬인 숙주처럼 배려라는 단어를 잊은 인간들이 너무나 많다네 훨훨 날아가서 자네와 함께 별이 되고픈 맘 간절하지만, 세이렌 노래처럼 증오 쌓아가며 우리들의 어깨가 시리도록 스크럼 짰던 강남 지하철 계단을 잘근잘근 다시 밟아보아도 좀처럼 풀리지 않아 다가설 수 없는 그런 우스운 꼴이라네

우리네 슬픈 여정에서 외쳐댄 함성 1919번의조선독립과대한독립,1980번의유신철폐와계엄반대,2022번의좌파우파와보수진보

봄이 왔는가 싶었는데 상식이 통하지 않는 이기적인 생각과 시기 질투와 가짜라는 벌레들이 계절도 없이 설쳐대

며 죽이고 죽고 있다네

　나비가 날아들었다는 그림 속에서 하필 오늘 까악 – 까
악 울어대는 까마귀

　그 속에서 함께 울지 못하고 인왕산 북악산 잇닿은 청
와대 옆 수도 가압장 반지하 삶의 사글세 물소리가 되어
그렁거리고 있다네

　퍼 담는 눈물의 소리
　그 우물 속 자화상*

갈바람에 걸린 상달

그 이름 불렀더니 상사화 떨어지고
오셨나 싶었더니 갈바람 소리였네

덧없이 보고픈 마음
떨어지는
또
한
잎

지리산의 낙엽
－지리산문학관 기행, 이상원 형을 생각하며

지리산 덮고 있는
내 아형 물고기 떼

　시인이라는 것은 가슴 아리는 탐험일레라 살아 있는 시
를 쓰겠다며 태풍 한창인 날 바닷가 찾아가던 아형의 저
물고기 떼, 반짝이는 비늘 대신 붉은 망토 걸치고 긴 용오
름 일으키며 지리산을 날아오르네 어쩌면 영영 함께 볼
수 없겠지요 차츰 시력 잃어가는 내 아형의 눈물, 나의 눈
물이 섞여 지리산 계곡을 날아오르고 있는 가물가물한 물
고기 떼

　그 여름 여기 있었네
　붉고 노란 물고기

한강의 물
-봉은사, 동구릉, 문화탐방길에서 윤금초 선생을 따라가다가

넓은 물
윤슬 가득
오늘에야 알았다

가슴까지 시들어가던 이끼 하나, 둘, 셋, 배불리 먹이고
이백 자 원고지 위에 방울방울 눈물로 떨어져 남쪽 바다
그리워라 그리워라 남쪽 바다 솟구친 그리움은 태백 지나
아우라지 노래를 싣고 밀레니엄 시詩의 갈피로 흐르다가
저 한강의 윤슬이 되는 것을 오늘에야 알겠다

노老시인 미소를 보며 오늘에야 알았네

한려수도

예서 뭍 보낸 자리 노래만 남아 있다 어머니 남빛 치마
포근한 이랑 너머 떠 있는 천상의 섬들 조는 듯이 잠기고

적막도 긴 세월도 삭히는 바다 내음 노을빛 걸러내며
저무는 아린 기억 희미한 나의 노래를 뭍에 다시 보낸다

쑥부쟁이꽃
– 쑥부쟁이꽃의 전설을 생각하며

뻐꾸기 울음 따라 산그늘 내려온 날

스마트폰에 좋은 글이라고 전송되어 오면 누이가 생각
난다
가끔 섞여 있는 한자와 영어
남아선호를 부추긴 난리와 전쟁
시대 잘못 만나서 중학교 대신 학교 맞은편에서 재봉틀
만 돌리다가
다섯 살 터울 남자아이 동생을 업어 키우다가
영어나 한자에 어두운 내 누님
이런 글 받아 볼 텐데 어떻게 해독하실까

내 누님
쑥부쟁이꽃
꽃답게 핀 꽃이여

하늘 이정표

지금도 눈 내리고 찬 바람 가득하다

그렇게 푸르렀던 그날을 기억하는
이끼 긴 오월 나목
나의 죽음, 말라 죽었단 말
듣지 않았으면 좋으련만
영원하리라는 막연한 믿음, 염라대왕님의 떨리는 손길
사람보다 먼저 내고 사람보다 먼저 거두어들이시네

하늘길 멈춰 선 언덕
이정표로 서 있는

시집 속에 남은 흔적

묻어둔 그날 생각
그날을 줍고 있다

곱게 물들어 그대 시집 속에서 긴긴 잠으로 빠질 수 있
다면 얇디얇은 몸 죄다 바스러지는 오늘처럼 그대가 쓴
시 한 페이지를 베개 삼아 또 한 장의 낙엽이 되리니

기어코
아 ― 아 한그루*
푸석한 삶 살았네

* '한 그루'가 아니고, 순우리말 '한그루'.

시월의 카톡 창

어디로 가셨는지 하마나 오시려나

추워요 배가 고파요 팔월의 그 푸름 어디로 가셨는가

언약한 손가락 쪼아 먹은 가시나무새

긴 가시를 향해 날아가 버리고 비비새 울음 속에서 건져 올린 낱말들은 평강공주 울음이 되고 그 아비의 울음이 된다

시월의 바람이 일면 다시 뜨는 카톡 창

상사화 쓰러지다

뉘 올까 기다리는
목이 긴 꽃을 보네

그리움 딛고 서서 지친 웃음 보이더니 망초꽃 바람에도
겨워 쓰러져 발끝에 입 맞추는 진홍의 독백
그대 정말 떠나셨나요

이별도 사랑인가요
저 가혹한 사랑법

보고 싶어요

켜지는 아날로그
보고픈 내 어머니

달 옆구리에 붙어 있는 조그만 저 별이 더욱 밝아 보인다
"별이 달 옆에 붙었구나 비가 오려나 보다"
하늘에 별을 심고 느린 컴퓨터도 없던 시절 젊은 어머
니는 그러셨지
엄니, 엄니가 보고 싶어요
시간이 흐르지 않는 밤
별빛 더욱 밝은 밤에는 참말로 엄니가 보고 싶어요
또 한 해가 저무는 설달은 다가오는데
아직 떨어지지 못한 마른 잎 사이로 달 옆에 붙어 있는
어머니의 별을 구경하면서 쉬엄쉬엄
늦게 뜨는 컴퓨터를 친다

저 별빛 놓치면 안 돼 엔터키를 누른다

개망초꽃이 피면

하얗게 웃는 모습 유월에 오신다네

그를 다시 사랑할 수 있을까 간이역 벤치에 앉아 턱을
괸 나절 내내 너를 사랑해야 하는 시간은 흘러가고 저만
치 다가오는 그 무엇의 사랑, 그 사랑을 사랑해야 할 가슴
까지도 조각조각 흘려보내고
　하얗게 울어야 하네
　산그늘이 내린다

첫눈맞이

무던히 보고 싶은 볼그레 여린 얼굴

흰 칼라 단발머리 낙엽 진 공원 벤치

그 겨울 함박눈처럼 잿빛 하늘 수놓네

상사화를 피운 텃밭

여지껏 기다리며 풀숲에 삭은 가슴

더운 날 무엇 글케 서럽게 피었는가

짓무른 가슴 묻힌 곳

또 한켠이 그리운

우화한 나의 매미는 어디쯤 갔을까

오가던 여름들이
등걸에 앉아 있다

전생 모습 볼 수 있는
그대는 좋겠다
더 아름다울 수 있는 꿈
빈 껍데기 바라보는 수만 개의 홑눈
기나긴 다음 생을 잉태하는
투명한 기도 소리

뎅뎅뎅 종이 울리고
천년 절터 이운다

시월이 가네

시월이 훌쩍 가고
울어야 하는
나는
날마다 소쩍소쩍
삼월이 올 때까지

솥 작다
울어야 하네
길디긴 밤
배고픈

만횡청, 그 진솔한 내면의 세계
– 장재 시인의 시조 미학

황치복 문학평론가

1. 집을 짓는 자의 긍지와 비애

만횡청이란 흥청거리는 농조로 부르는 창법을 뜻하고, 만횡청류란 그러한 창법으로 노래하는 노랫말을 지칭한다. 그러니까 만횡청류란 농조, 즉 흥청거리는 창법, 혹은 치렁치렁 늘어지는 곡조로 부르는 노래들의 부류로 정의될 수 있다. 이러한 만횡청 곡조의 노랫말은 남녀 문제를 비롯하여 민간의 진솔한 삶의 감정을 가감 없이 드러내는 것이 특징인데, 기층 민중의 삶 속에서 우러나는 진솔한 생각과 감정을 구체적이고 사실적으로 표현하는 데에서 그 의의를 찾아볼 수 있다.

장재 시인의 시조집 『만횡청, 보이는 것이 어디 전부랴』는 이러한 만횡청의 전통을 이어받아 서민들의 삶의 애환과 아픔을 솔직담백하게 피력하고 있으며, 사회적 부조리와 모순에 대해서 날카로운 풍자의 칼날을 휘두르기도 한다. 특이한 점은 목수라는 직업을 지니고 한평생 삶을 이끌어온 시인이 그러한 직업으로 생계를 영위하면서 느낄 수 있는 남다른 감회와 서정을 사실적으로 묘사함으로써 짙은 페이소스와 감동을 선사하고 있다는 점이다.

이 시조집의 또 다른 특장점은 삶의 종점을 의식하고 조망하면서 유한한 삶이 지닌 한의 정서라든가 애상감을 절절하게 표출함으로써 직업의 애환과는 다른 비애의 정서를 야기하고 있다는 점이다. 노년의 삶이 지닌 쓸쓸함과 고독이라는 정서를 배경으로 모든 사라지는 것들을 바라보는 시인의 눈빛이 그윽하고 아득하다. 노을 지는 석양을 응시하는 듯한 시인의 적막한 시선에서 독자들은 잔잔한 슬픔과 함께 짙은 감동을 느끼게 된다. 눈에 보이듯이 투명하게 펼쳐지는 시인의 진솔한 삶 속으로 들어가 본다.

인어의 숨비소리 목수의 망치 소리

반인반수 왕국에는 켄타우로스 발소리, 머리 두 개 달린 목수도 살고 있다

왼쪽 어깨 우두둑 주무르는 소리, A4 용지가 먼지에 끼익 눌리는 소리, 자꾸만 나타나는 치목 치수에 들지 못한 토막들의 혼령, 슬픈 메아리로 돌아오는 긴 여운의 망치 소리, 먹칼이 흩뿌린 판자에 밴 소리, 소리와 소리가 연출하는 저문 날의 뮤지컬, 나무토막에 쓴 또 하루의 편린, 연장보다 더 애지중지 챙겨왔지만 데칼코마니처럼 번져버렸거나 너무 흐릿하여 해독하기 어려운 밤

투잡 삶 겨울지라도 두드리는 키보드
　　－「투잡two job」전문

목수이자 시인이라는 두 직업으로 살아가는 시인의 일상과 감회가 드러나 있다. 시조의 초장에 굳이 "인어의 숨비소리"를 가져온 것은 "목수의 망치 소리"가 지닌 숨 가쁜 노동의 고달픔을 강조하기 위한 것이다. 그리고 "반인반수 왕국에는 켄타우로스 발소리"라는 발상이라든가, "머리 두 개 달린 목수도 살고 있다"는 표현이 절묘한데, 이러한 표현 속에는 짐승처럼 먹을 것을 구하기 위해 일해야 하는 목수의 삶과 그러한 삶을 음미하면서 의미와 가치를 찾은 시인이라는 이중 구조로 된 시인의 삶이 잘 드러나 있다.

시인은 이러한 자신의 삶을 "소리와 소리가 연출하는 저문

날의 뮤지컬"이라고 하면서 아름답게 수식하기도 하고, "나무 토막에 쓴 또 하루의 편린"이라고 하면서 하루하루의 날들을 소중하게 기록하기도 한다. 더욱 중요한 표현은 "자꾸만 나타나는 치목 치수에 들지 못한 토막들의 혼령"이라는 표현인데, 이러한 표현 속에는 목수라는 직업이 지닌 삶의 신비로운 국면이 녹아 있다. 나무토막들의 혼령과 접신하는 그윽한 내면의 풍경이 묘사되어 있기 때문이다. 시인은 다른 시편에서도 "슬픈 메아리로 돌아오는 망치 소리, 치목 치수에 들지 못한 토막들의 혼령, 톱 소리, 빗소리, 청태 번지는 소리"(「소나기」)라고 하면서 토막들의 혼령 소리를 다시금 되새기고 있는데, 나무라는 도구가 목수라는 직업을 가진 시인에게 얼마나 애틋하게 다가오는 대상인지를 보여준다. 다음 작품은 목수라는 직업의 다른 면모를 드러낸다.

지나간 작업 일보
뒤적인 비 오는 날

그날도 오늘처럼 비 오고 바람 불어 공친 날이었구나
안전장치 하나 없는 곳에서 위험수당도 없이 지폐 몇 장을 위해 목숨 걸어놓고 둥그런 도리 위에서 목도를 하며 손발을 맞춰야 했던 김 씨, 이 씨, 정 씨, 그날의 그 대목들

오늘처럼 비가 오는 날이면 쑤셔오는 어깨와 알 수 없는 허전
함으로 우두둑 소리 내는 무릎관절 움직여 가며 지금 나처럼 늙
어가고 있겠지

한갓 삶 지나온 흔적 빗속에서 펼친다
  ―「지나간 작업 일보」전문

비 오고 바람 불면 야외 작업이 어려운 노동자의 고달픈 삶
의 면면이 드러나 있다. 그런 날은 하릴없이 "지나간 작업 일
보"나 "뒤적이"며 소일하는 날일 것이다. 시인은 "비 오고 바람
불어 공친 날" 작업 일지를 펼쳐보며 "둥그런 도리 위에서 목도
를 하며 손발을 맞춰야 했던 김 씨, 이 씨, 정 씨"들을 떠올리곤
회상에 젖는다. 이들이 애타게 그리운 것은 그들이 전쟁터를
누비던 전우처럼 서로 목숨을 내걸고 힘든 생존의 현장을 함께
겪어냈던 동지들이기 때문이다. 그들 또한 험난한 생존 투쟁의
결과로 "오늘처럼 비가 오는 날이면 쑤셔오는 어깨"를 붙안고
"알 수 없는 허전함"을 온몸으로 겪어내고 있을 것이다. 더구
나 "우두둑 소리 내는 무릎관절 움직여 가며 지금 나처럼 늙어
가고 있"을 것을 생각하면 유정한 마음이 들지 않을 수 없을 것
이다. 이 작품은 이러한 내면 풍경의 흐름을 빗줄기가 흘러내
리는 듯한 낡은 흑백영화의 한 장면처럼 화면에 펼쳐놓고 있는

데, 진솔한 내면의 독백이 독자들의 심금을 울린다. 목수로서
의 삶을 다룬 작품을 한 편 더 읽어본다.

소주에 담가보는 아리는 어깻죽지

내 몸이야 어떻게 되든지 말든지 상관하지 않겠소만, 오늘 벌
어야 내일 먹일 수 있는 새끼들이 있기에 비 내리고 공치는 날
이면 소주잔에 손이 가오 "가수, 군수, 교수님들, 같은 돌림자의
목수도 있소이다" 수 자 노래 불러봐도 위안 아득 멀어지고 부
르고 부르다가 흐르는 눈물 주체 못 해 저 하늘 쳐다보며 피워
물던 담배까지, 이제는 날이 날마다 습관처럼 마시고 피워 물고
있네-그려, 내 몸이야 어떻게 되든지 말든지 너와 나 술 마시는
날 없고 날이 날마다 밥벌이할 수 있는 그런 세상, 저 높디높은
사람들이 만들어주었으면 좋겠네-그려, 설움이라는 말 없어지
고 그 자리에 환희라는 단어가 춤추었으면 좋겠네-그려

얄궂은 진눈깨비는 그칠 줄도 모르네
　－「목수 양반, 술 담배는 언제 끊나요」 전문

역시 중장의 사설조 독백이 허전한 시인의 마음을 절절하게
드러내고 있어서 감동을 준다. "소주에 담가보는 아리는 어깻

죽지"라는 초장의 표현은 목수로서의 한평생이 가져다준 훈장 같은 직업병을 암시하는데, 이러한 육체적 고통보다 시인을 더욱 아프게 하는 것은 정신적 고통이다. "가수, 군수, 교수님들, 같은 돌림자의 목수도 있소이다"라는 대목을 보면 목수에 대한 시인의 자부심과 자괴감을 동시에 엿볼 수 있는데, 군수, 교수와 같이 가치 있는 작업을 하면서도 사회적으로 존중받지 못하는 목수의 삶에 대해 양가적인 감정이 함축되어 있기 때문이다. "쓴다는 것과 피운다는 것, 짓는다는 것은 다르지 않았다/ 꽃을 피우는 개망초의 마음이 그렇고 집을 짓는 목수의 챙모자가 그랬고 시를 쓰는 시인의 모자가 그랬다"(「목수와 중절모」) 와 같은 구절을 보면, 실제로 시인은 목수라는 직업이 꽃을 피우는 것과 같이 아름다운 직업에 속하며, 아름다운 시를 창작하는 것과 같이 창조적인 영역에 속한다는 자부심을 지니고 있음을 알 수 있다. 그런데 현실은 언제나 생존에 쫓겨서 술과 담배로 지내야 하는 것처럼 열악하기만 한데, 이러한 현실에 대한 목수 시인의 세밀한 내면의 무늬가 절절이 아로새겨져 있는 것이다.

고달픈 목수로서의 삶을 다룬 사설시조들에는 고달픈 노동과 존중받지 못하는 직업에 대한 심적 고통이 전면에 드러나 있지만, 그 이면에는 어떤 가치를 창조한다는 형언할 수 없는 자부심이 깔려 있다. 시인은 목수의 삶이란 "소리와 소리가 연출하는 저문 날의 뮤지컬"처럼 종합예술이기도 하고, 꽃을 피우고 시를 짓는 것과 같이 심미적 가치를 창출하는 창조적 작업이기도 하다는 인식을 피력하고 있다. 그리고 목수란 "치목치수에 들지 못한 토막들의 혼령"들을 위로하며 그것들과 영혼의 교감을 하는 영적 세계의 영역에 속하는 것이기도 했다. 그러나 이러한 시편들에도 어떤 고독과 쓸쓸함이 묻어 있는데, 그것은 유한한 존재로서의 실존적 한계를 자각하고 있기 때문이다.

2. 저무는 삶, 짧아지는 시간

산기슭 억새 엮어 오두막 지은 나날 굵은 땀 흘린 만큼 툇마루 훔치다가 갈바람 산 넘어오면 감국 향을 섞겠네

세상과 맺은 인연 오롯이 펼쳐놓고 달빛에 서성이는 홍매화 그리면서 잔설이 녹는 소리도 여백으로 담겠네

낙숫물 멎어 들고 밤하늘 총총한 날 은하수 넘쳐흘러 하늘길 밝혀주면 오두막 기나긴 적막 사뿐 밟고 가겠네
　　ー「한갓 삶일지라도」 전문

114

한적한 시골살이의 여유와 여운이 그려져 있지만, 그러한 넉넉함에도 불구하고 종말에 대한 예감이 시적 공간 전체를 고적함으로 물들이고 있다. 억새를 엮어 만든 산기슭의 오두막이라든가 가을바람에 산을 넘어오는 감국 향기 등의 이미지는 이른바 자연 속에 깃들어 안분지족의 여유로운 삶을 영위하면서 자연이 지닌 풍취를 음미하는 취향을 강조한다. 특히 "달빛에 서성이는 홍매화 그리면서 잔설이 녹는 소리도 여백으로 담겠네"라는 표현을 보면, 한적한 삶 자체가 바로 수묵화를 그리는 것과 같은 예술의 영역에 속하며, 자연에 귀의하는 순리로서의 그것임을 알 수 있다. 그런데 시인은 이러한 동양화적 화풍의 묘사를 뽐내다가 "은하수 넘쳐흘러 하늘길 밝혀주면 오두막 기나긴 적막 사뿐 밟고 가겠네"라고 하면서 귀천歸天의 속내를 드러내고 있다. "한갓 삶일지라도"라는 제목을 보면, 시인이 가난하지만 풍류를 누리는 삶 자체를 긍정하고 있음을 알 수 있으나, 그 종말을 예감하는 장면에서는 역시 유정한 마음이 들지 않을 수 없다. 다음도 종점을 예감하는 작품이다.

눈 녹자 짙어가는 이른 봄 뻐꾹 소리

친구 어머님 부음을 받는다

엄니가 보고 싶다

엄니 좋아하시는 요플레 한 통 사서 어머님 뵈러 가야겠다

　슈퍼에 벌써 나온 수박, 특별한 날 아니면 덥석 사게 되지 않
는다던 어머님의 저 수박, 친구에게 어머님 부음을 전한 뒤에는
사드리고 싶어도 사드리지 못할 수박 하나 더 사 들고 갔었지만
덩그런 집에 구순 노모를 혼자 두고 오는 길

　오늘 밤 뒷산 뻐꾸기 슬피 울면 우얄꼬
　ㅡ「윤이월」전문

　자주 돌아오지 않는 윤이월 제사처럼 자꾸 빼먹거나 거르는
것을 핀잔하는 의미로 '윤이월 제사냐'라는 속담이 있는 것처
럼, 윤이월은 어쩌다 한 번씩 찾아오는 윤달이다. 그래서 더욱
소중하게 느껴지는데, 살날을 얼마 남겨두지 않은 사람에게는
더욱 그 가치가 무겁게 다가올 것이며, 따라서 이 말은 시간의
소중함과 절실함을 간직하고 있는 어휘라고 할 수 있다. 더구
나 시인처럼 "덩그런 집에 구순 노모를 혼자 두고" 있는 처지이
고 보면, 그 간절함은 강조할 필요가 없을 것이다.

　상황이 이러하니 눈이 녹는 풍경이라든가 이른 봄에 우는 뻐
꾸기 소리조차 예사롭지가 않을 것인데, 여기에 친구 어머님의
부음까지 받았음에랴. 친구 어머님의 부음은 아직 살아 계시는

어머니에 대한 상념을 일으킬 것이고, 위로 삼아 요플레 한 통과 귀하다는 이른 수박 한 통을 들고 찾아뵈었어도 노모를 혼자 두고 돌아서는 마음은 차마 하지 못할 일일 것이다. 이러한 내면의 흐름이 은은한 무늬처럼 펼쳐지고 있는 이 작품 역시 세밀한 내면 풍경의 묘사가 잔잔한 감동을 주는데, 그러한 감동의 원천은 역시 유한한 존재로서의 무상감일 것이다. 죽은 친구를 회상하는 다음 작품 역시 유한성의 시간이 문제다.

　　먼 하늘 달려가는 자드락 바람 소리

　　친구는 저곳에 묻혀 있습니다
　　일찍 고향 떠나 부자가 된 내 친구의 형은 시의원에 당선되었습니다
　　그 형이 성묘 오는 날, 어릴 적부터 고향에 붙박여 살며 해마다 조상 묘를 벌초하던 내 친구의 몫과 이태 전에 죽은 그 친구의 묘까지 벌초를 마친 뒤 지폐 몇 장 받아 든 열닷샛날 밤
　　달빛 아래 앉아서 친구가 좋아하던 나의 시를 읽어줍니다
　　"꼭 다문 꽃잎 속에 내 마음 숨겼는데
　　덩달아 피었는지 저 언덕 달맞이꽃
　　서울 간 내 친구 얼굴 달무리로 떠 있는"

내 친구 웃던 그날이

달무리가 되었네

－「달무리 꽃이 되어」전문

"저곳에 묻혀 있"는 친구는, 일찍 고향을 떠나 부자가 되고 시의원에 당선되어 부와 권력을 동시에 얻게 된 형의 인생과 비교하면 초라하기 그지없다. 그는 "어릴 적부터 고향에 붙박여 살며" "형이 성묘 오는 날"이면 해마다 조상의 묘를 벌초하면서 일생을 보냈다. 형의 인생에 비해서 빈곤하고 보잘것없는 삶을 살다 그 형보다 일찍 세상을 뜬 친구의 인생을 생각하면 시인은 동정과 연민의 염을 느끼지 않을 수 없다. 더구나 그 친구는 내가 쓴 시를 좋아해서 내 시를 들으며 소박하게 웃곤 했는데, 그 친구의 웃음을 닮은 달맞이꽃이 피어 있는 밤, 또는 달무리가 진 밤에 시인은 그 친구 생각에 다감해지지 않을 수가 없을 것이다. 이 시조 역시 사설조의 중장을 통해서 친구의 죽음을 생각하는 내면 풍경을 있는 그대로 세밀하게 묘사함으로써 독자들의 감동을 자아낸다. 시인의 만횡청류의 시조 작품이 지닌 특장점이 잘 드러난 작품이라 할 수 있다. 다음 작품은 고적한 노년의 삶의 풍경을 묘사하고 있는데, 역시 예의 그 세밀하고 사실적인 묘사가 빛을 발한다.

잊을까 덜컥 겁난

말 잊은 오후 나절

고독이나 묵언수행도 아닌 오두막스테이

전화도 찾아오는 사람도 없는

염소마저 키우지 않았으면 영영 잊어버렸을 것 같은 말

내내 침묵하는 겨울 해는 짧다

군불 연기 쫓아가며 내일을 약속하는 노을 속 갈바람

떡갈잎 한 잎 염소 앞으로 밀쳐놓는다

맛있니

간간이 묻는

염소에게 하는 말

 –「맛있니」전문

"잊을까 덜컥 겁난/ 말 잊은 오후 나절"이라는 초장의 구절
은 뼛속까지 스며든 고적감으로 물든 시인의 내적 정황을 알려
주고 있다. 하루 종일 말 한마디 할 사람이 없어서 침묵으로 일
관했다는 것, 그래서 혹시 말을 잊어버리는 것은 아닌가 하는
의구심이 들었다는 것, 할 수 없이 염소에게 여물을 주면서 "맛
있니" 하는 말을 간간이 건넬 수밖에 없었다는 저간의 속내가

매듭 풀리듯 풀려 나오고 있다. "전화도 찾아오는 사람도 없"었다는 것, 그리고 할 일이 없어서 "군불"이나 때면서 짧은 겨울 하루를 보냈다는 것 등의 시적 정보들이 모두 고독한 노년의 마음을 대변해 주고 있지만, 고독을 떨치기 위해서 간간이 염소에게 말을 건네는 장면은 압권이라 할 만하다. 제목조차 "맛있니"라는 염소에게 건네는 말인데, 이 말 속에는 무언無言보다 더욱 진한 고독과 외로움이 함축되어 있으며, 유한한 존재로서의 노년의 시간을 버티어내는 견인불발堅忍不拔 정신이 담겨 있기도 하다.

목수라는 직업적 삶에 대한 자긍심과 자괴감의 시편들은 그 진솔하고 구체적인 내면의 표출을 통해 감동을 자아낸다. 실존적 한계 상황으로서 유한한 시간을 살아야 하는 존재의 고독을 노래하고 있는 시조 작품들 역시 만횡청류의 작품이 지니고 있는 그 섬세한 마음의 무늬를 사실적으로 묘사함으로써 공감과 연민의 감정을 불러일으킨다. 장재 시인의 시조 작품이 지닌 특장점으로서 이러한 묘사의 힘에 주목할 필요가 있다.

장재 시인의 시조가 지닌 다른 하나의 특징으로는 풍자의 날카로움을 들 수 있을 것이다. 시인은 가난한 사람을 더욱 가난하게 하는 경제적 부조리와 현실에 대해서도 날카로운 비판의 눈길을 보내지만, 조선시대의 당쟁을 연상케 하는 우리나라의 정치 현실의 부조리와 모순에 대해서 더욱 통렬한 풍자를 감행

한다. 비록 정치 현실을 너무 직설적이고 생경하게 드러내서 심미적 효과를 반감시키는 경향이 없는 것은 아니지만, 그 풍자의 정신은 시퍼렇게 살아 있다. 풍자의 정신은 물론 부조리한 현실을 비판하는 것이지만, 그 바탕에는 인간다운 세상을 위한 바람과 연약한 인간의 속성에 대한 깊은 이해가 잠재되어 있기 마련이다. 장재 시인의 풍자시조가 감동을 준다면 그 감동의 원천은 역시 그러한 깊은 이해와 공감 때문일 것이다. 풍자의 세계로 들어가 보자.

3. 풍자, 인간다운 삶을 위한 노래

노둣돌 흔들리고
비 오고 바람까지

조용한 아침의 나라
한쪽으로 굽이지며 물에 쓸린 징검다리
너는 죽더라도 나는 살아야지
스토킹에 죽고 묻지마에 죽고 왕따에 죽고 생활고에 죽고 보험금에 죽고 할로윈에 죽고 사기당해 죽고 공장에서 죽고 우회전에 죽고, 죽고 죽고 또 죽고, 뻔뻔하고 부끄러운데 죽지 않는

그도 있다 인구 줄어들고 법전은 자꾸만 두꺼워지는데 글 쓰는
사람들은 계몽의 펜일까, 약자의 대리 펜일까, 자기 유희 펜일
까 촌계관청은 아니잖소 물개박수에 꽃을 노래하다가 뻘쭘하
게 또 꽃만 노래할 것인가

오십보백보일지라도 쌍시옷 입에 물고 한 행을 생략해야지

아 – 욕되어 글 쓰기가 부끄럽다

넝쿨손 허공 그리듯

유월 한낮 저 몸짓

–「유월의 유튜브 – 아! 대한민국 2023」 전문

2023년의 우리나라의 사회적 현실을 묘사하고 있는데, 시적
공간에 무수히 등장하는 "죽고"라는 어휘가 저간의 사정을 요
약하고 있다. 그러니까 생명력의 잠재력이 제대로 발휘될 수
없는 죽음의 시대라는 것, "너는 죽더라도 나는 살아야지"라는
무한 경쟁과 이기적인 도덕률이 판을 치고 있다는 것 등이 "죽
고 죽고 또 죽고"라는 반복되는 죽음의 어휘 속에 함축되어 있
다. "인구 줄어들고 법전은 자꾸만 두꺼워지는데"라는 표현을
보면 우리나라 저출산의 현실이 이러한 죽음의 문화와 관련되
어 있다는 것을 암시하고 있으며, 그것은 또한 법전이 두꺼워
져야 하는 첨예한 이해관계와 이기심의 만연 현상과 관련되어

있음을 시사하고 있기도 하다.

시인의 관심사는 이러한 현실에서 있는 그대로의 현실을 제대로 반영하지 못하는 글 쓰는 사람의 무관심과 무비판적 맹목으로 향하는데, "글 쓰는 사람들은 계몽의 펜일까, 약자의 대리 펜일까, 자기 유희 펜일까"라는 표현에서 현실을 외면하고 자기 위로와 언어유희에 빠져 있는 작가의 현실을 환기하고 있다. "촌계관청은 아니잖소"라는 항의는 작가의 우원한 현실 인식을 꼬집고 있으며, "물개박수에 꽃을 노래하다가 뻘쭘하게 또 꽃만 노래할 것인가"라는 대목에서는 역시 죽음의 문화가 판을 치는 부조리한 현실에 대해서는 눈을 돌리고 자연을 완상하며 음미하는 한가한 시인을 비꼬고 있다.

부조리한 현실에 비판적인 의식은 "넝쿨손 허공 그리듯/ 유월 한낮 저 몸짓"이라는 이미지로 집약되는데, 이러한 이미지는 구렁텅이에 빠진 민초들이 하릴없이 구원의 손길을 내젓는 허망하고 절망적인 상황을 환기한다. 이러한 이미지는 중장의 사설을 통해 비판하고자 했던 현실에 대한 대안을 명확히 하고 있는데, 그것은 바로 도탄에 빠진 민중들의 삶에 대한 구원이라고 할 수 있을 것이다. 이러한 풍자의 지향점이 명확히 설정되어 있기에 장재 시인의 풍자는 생명력을 지니며 타당성을 확보하게 된다. 현실 비판의 풍자를 한 편 더 읽어본다.

소낙비 퍼붓겠네 헝클어진 바람 분다
좌익 우익 마타도어 핑퐁 핑 내로남불
어질던 동구 밖 아재
미간 가득 이는 바람

주식 바람 펀드 바람 속아도 사는 복권
부동산에 코인 바람 흙수저로 푸는 바람
에라이 불쌍한 것아
바랄 것을 바라라

바람에 색깔 입혀 눈가에 내걸었다
　관셈보살관셈보살 구순의 내 어머님 나만 보면 뇌신다 바람
은 바람이 되고 흔들리는 나뭇잎만 보아도 눈물 글썽거리는데
노을에 비친 나와 내 어머님의 막차 시간표까지… 초라하고 남
루한 모습이 되고 바람은 또 바람이 되어 삭대엽 중중모리 색색
깔로 맺히는 날
　바람이 쓰담거린다
　토닥이며 지난다
　－「바람이 불어오네」 전문

두 수로 된 한 편의 연시조와 한 편의 사설시조를 엮어서 만

든 옴니버스 시조라고 할 수 있다. 두 수로 된 연시조에서는 우리나라의 정치적 현실과 경제적 현실을 비판하고 있으며, 사설시조에서는 시인의 실존적 조건과 현실이 그려지고 있는데, 앞서 비판한 정치적 현실이나 경제적 현실과 대비되어 그 초라한 현실이 더욱 부각된다. 연시조 첫 수의 표현들은 자연의 이미지와 정치 현실이 서로 부합하면서 흑색선전과 내로남불이 만연한 정치적 질곡을 부각하는데, "소낙비 퍼붓겠네 헝클어진 바람 분다"는 자연의 이미지가 그 현실의 무질서함과 무도함을 강조한다. 둘째 수에서는 일확천금을 꿈꾸는 자본주의적 현실이 적나라하게 묘사되고 있는데, "주식 바람 펀드 바람 속아도 사는 복권/ 부동산에 코인 바람 흙수저로 푸는 바람"이라는 표현에 빈번히 등장하는 '바람'의 이미지는 온 사회를 뒤흔들고 있는 사회적 풍조로서의 투기 열풍의 광기를 적절히 형상화하고 있다.

사설시조에서는 구순의 노모와 시인이 처한 현실이 그려져 있는데, 앞서 연시조의 바람과는 전혀 다른 바람이 등장한다. 앞의 바람은 사회적 부조리의 풍조라는 바람이라면, 여기서 바람은 그야말로 소박한 소망으로서의 바람이라고 할 만하다. "바람에 색깔 입"혔다는 것은 바람이라는 마음에 어떤 진정성을 투사했다는 것을 암시하는데, "관셈보살관셈보살 구순의 내 어머님 나만 보면 뇌신다"는 표현을 보면, 구순 어머니가 아들의 건강과 행복을 기원하는 바람이라는 것을 짐작할 수 있다. 더군다나 "노을에 비친 나와 내 어머님의 막차 시간표까지"라는 표현을 음미해 보면, 그것이 삶의 종착점이 보이는 지점에서의 바람이고 보면, 그 절실함과 절박함이 더욱 증폭될 수밖에 없는데, "바람은 또 바람이 되어 삭대엽 중중모리 색색깔로 맺히는 날"이라는 표현이 그러한 절박함과 간절함을 리듬으로 표상해 주고 있다. 중중모리는 중모리보다는 조금 빠른 장단으로 구성지고 흥겨운 느낌이나 흥분하고 통곡하는 장면을 나타낼 때 주로 쓰이고, 삭대엽은 중대엽中大葉보다는 빠른 속도速度의 노래 곡조로서 두 곡조 모두 다급한 심리를 내포하고 있기 때문이다. 그러니까 이 시조 작품의 풍자 역시 우리 사회의 정치적·경제적 영역에서의 허황된 바람과 대비되는 어머님의 진솔하고 소박한 바람을 통해서 진정한 인간적 삶의 자세를 부각하고 있는 셈이다. 다음 시는 표제시로서 역시 풍자의 묘미가 살아 있다.

걸쭉히 닿는 봄볕
한나절 길디길다

이 봄날, 검고 희고 푸를지라도
에헤라 데헤라 에야 데야 연역법으로 놀아보자

덩더쿵 덩더꿍 처용가 4행은 각오이사시양라일 테고

자리를 보아하니 음탕코 보잘것없지만

그 유래 오래되어 버리지 못한 것은

진즉부터 인구 소멸 걱정이었을 테고

설사례가 퍼트린 노래는 수허몰가부 아작지천주일 테고

"대사님은 불심만 깊으신 줄 알았는데 목수 일도 잘하시나 보죠"

요석공주 콧소리는 실경, 도낏자루일 테고

배꼽 잡고 죽은 백성은 훤한 대낮 임금님 속곳 차림일 테고

얇은 사 하얀 고깔에 감춰진 건

파르라니 깎은 머리일 테고

외래 시 판을 치고 우리 것 그리울 땐

초장과 막장으로 요리하란 것일 테지요

이두문 그 노래까지

언문 속에 흐르네

　ㅡ「만횡청, 보이는 것이 어디 전부랴」 전문

　　앞서 언급한 대로 만횡청이란 흥청거리는 농조의 곡조로 부르는 창법을 의미하는데, 이러한 창법에 실린 노랫말이 남녀 간의 진솔한 사랑이라든가 현실적 고뇌, 그리고 사회에 대한

풍자와 해학 등이 주조를 이루고 있다는 점에서 기층 민중의 세속적 삶의 감성을 표출하는 양식이라고 할 수 있다. 이 작품은 이러한 농조의 가락을 취하고 있으며, 그 노랫말의 내용 또한 노골적인 성애적 묘사를 비롯하여 현실에 대한 풍자와 해학이 주조를 이루고 있다.

중장 사설의 "처용가 4행은 각오이사시양라"라는 구절은 원문 "脚烏伊四是良羅"의 음독으로서 풀이하면 '다리가 넷이어라'라는 뜻인데, 이어지는 '둘은 내 것이지만/ 둘은 누구의 것인고'라는 구절과 이어서 해석해 보면, 불륜의 적나라한 모습의 묘사라고 할 수 있다. 시인은 이를 "진즉부터 인구 소멸 걱정이었을 테고"라고 하면서 해학적으로 해석하고 있는데, 이러한 대목은 우리의 주술적 노래와 전통이 지닌 신비로운 역능에 대한 옹호라고 할 수 있다.

또한 "설사례가 퍼트린 노래는 수허몰가부 아작지천주일 테고"라는 구절에는 신라의 고승 원효대사와 요석공주에 얽힌 노골적인 연애사가 담겨 있다. 원효대사가 과부가 된 요석공주를 노리고 퍼뜨렸다는 "수허몰가부 아작지천주"라는 노랫말의 원문은 "誰許沒柯斧 我斫支天柱"인데, 그 뜻을 풀이하면, '누가 나에게 자루 없는 도끼를 빌려주겠는가? 나는 하늘을 떠받칠 기둥을 찍으리라'라는 의미가 된다. 이때 '자루 없는 도끼'라든가 '하늘을 떠받칠 기둥' 등이 문제가 되는데, 자루 없는 도끼는 과부 여인을, 그리고 하늘을 떠받칠 기둥은 사내아이를 의미하는 비유로서 노골적인 성애적 노래라고 할 수 있다. 그런데 이러한 노래의 결과가 우리 고유의 노랫말을 이두로 기록해서 전승한 이두의 집대성자 설총이라는 것을 상기해 보면 이 노래의 노골적인 성애라든가 스님의 일탈을 타박할 수는 없게 된다.

시인은 우리 전통의 노래인 「처용가」 한 구절과 원효대사의 일화에다 "얇은 사 하얀 고깔에 감춰진 건/ 파르라니 깎은 머리일 테고"라고 하면서 조지훈 시인의 「승무」를 패러디해 우리 고유의 전통적 아름다움을 다시금 환기한다. 그리고 결론적으로 "외래 시 판을 치고 우리 것 그리울 땐/ 초장과 막장으로 요리하란 것일 테지요"라고 하면서 전통의 소중함에 대해서 다시금 강조하는데, "초장과 막장으로 요리하란 것일 테지요"라는 구절이 절묘하다. '초장과 막장'이란 우리의 음식물 가운데 밑반찬을 의미하기도 하지만, 시인이 즐겨 활용하는 만횡청류의 노랫말이 지닌 초장과 종장을 의미할 수도 있기 때문인데, 이때 사설시조의 형식을 지닌 만횡청은 우리 고유의 전통적 정서와 사상을 복원하는 그릇으로 기능하게 된다. 시인이 종장에서 강조하는 "이두문 그 노래까지/ 언문 속에 흐르네"라는 구절이 이러한 시인의 의도를 집약하고 있는 대목일 것이다.

이상으로 장재 시인의 시조집『만횡청, 보이는 것이 어디 전부랴』의 주요한 흐름을 성기게 살펴보았다. 시인이 만횡청의 형식과 내용을 이어받아 시조를 창작한 것은 거시적으로는 전통의 복원과 계승이라는 차원에서 의미를 지닌다고 볼 수 있으며, 그 구체적인 시조의 미학적 측면에서 볼 때는 시인이 자신의 직업 세계와 실존적 환경에서 생각하고 느낀 마음의 풍경을 사실적으로 묘사함으로써 독자들의 감동을 자아내고 있다는 점일 것이다. 특히 목수라는 직업 속에서 시인이 느끼는 자긍심과 자괴감이 눈에 보이듯이 그려져 있고, 세월의 덧없음에 노출된 노년의 심정이 섬세한 무늬를 이루며 새겨져 있는데, 이러한 구상적인 묘사의 힘이 시인의 시조 미학의 뼈대를 이루고 있다고 보인다.

또 하나 시인이 이 시조집에서 공을 들이고 있는 것은 풍자의 영역이라고 할 수 있을 터인데, 정치적 무질서와 경제적 부조리에 대한 비판의 날카로움은 인간다운 삶을 향한 열정과 대안이라는 토대로 말미암아 정당성을 확보하고 있다. 때로는 사회적 현실에 대한 비판이 너무 노골적이고 직접적이어서 심미적 효과를 반감시키기도 하지만, 부조리한 현실로 인해 고통받고 있는 이웃에 대한 공감과 연민의 정신이 뒷받침됨으로써 이러한 위험에서 벗어나고 있다. 특히 전통에 대한 시인의 애착과 강조는 만횡청이라는 전통적 창법과 노랫말의 복원을 시

도하는 시인의 이번 시집이 그 진정성을 증명하고 있다고 판단
된다.

시는 그냥 말하는 것이 아니라 가슴으로 말하는 것처럼 써야
겠다, 라고 늘 다짐하며 우리의 전통 시가詩歌에 녹아 있는 심상
과 가락을 언어적으로 환치해 보고 AI 시인도 채우지 못할 감
성에 호소해 본다는 것은 설렘만 가득할 뿐 힘든 일이라는 것
을 느낀다.

탑의 모양이나 크기는 다를지라도 언어와 가락을 모전탑 쌓
듯이 하나하나 쌓아가는 작업이야말로 언어 조탁을 넘어서는
견고하고도 미려한 정형시 창작의 첫 관문이 아닐까 한다.

지금껏 창唱으로 인식된 시절가조時節歌調, 그 시조時調가 아

니라 정돈된 시詩, neat poem라는 개념에서 평(정형)시조 부분은 음절과 리듬을 형식화하여 정체성을 우선시하고 사설(자유)시조 또한 정형의 부분이기에 해학인 듯 풍자적이었던 사설(푸념)적 서술을 음악적 효과보다는 묘사와 유사 진술로 가다듬어 도입(초)과 마침(종)은 평시조처럼 정체성을 확립하고 전개(중)는 모티브(독자 몫) 폭을 넓혀서 깊이 묻힌 심상과 시각적 효과까지 채굴하려 노력했다.

늘 쓰고 발표하는 것인데도 부족하다는 생각이다. 이미 발표한 작품을 몇십 년 동안 부둥켜안고 조금씩 고쳐 발표하는 몇몇 졸작은, 지울 수 없는 그때 그 느낌에서 부족한 글재주를 채워가는 과정이다.

창작하면서 한글박물관 자료도 참고하고 일련의 연구서를 접해보면, 전통 시가에서 나타나는 음악성에 너무 치중하여 가락이나 음절 통계에 의한 정형이라는 주장도 하나의 이론이 되겠지만, 시조를 확실하고 간결하게 어필할 변별성은 부족하다. 조선시대부터 지금껏 지어진 시조를 율시나 하이쿠와 비교하여도 시조의 정체성과 정형성 측면에서는 모순점도 있다.

이러한 것들을 묻어둔 채 현대시조라는 명분으로 구와 절, 문장과 리듬의 구분도 없이 정체성 오류를 범하면서 이론 합리

화에 매몰된 일부 시조 짓기 현상은 딱히, 시조의 정형화나 변별성으로 내세우기 어렵다고 본다.

또한 시조창에서는 음악적으로 생략하기도 했던 추가 음절(조사) 또는 수사적 어절에 불과한 단어를 그대로 답습한다는 것은 정형시의 리듬과 음절에 걸림돌만 될 뿐, 시적인 문장 변별성에서 점점 멀어질 것이며 시조 껍데기를 입힌 평문 또는 민요나 가사歌辭문학에 지나지 않을 것이다.

그런 생각에서,

• 평시조는 3·4리듬(14음절) 3문장 중에서 마침 문장만 3·5·4·3(15음절) 하여 시조창에서 지름 하듯 각각의 문장(초, 중, 종)에는 가락(높낮이, 음절, 리듬)에 치중했으며,

• 자유시조는 평시조 3문장 중에서 중장, 전개(16음절 이상) 부분만 구성과 기법을 자유롭게 하여, 도입(초), 전개(중), 마침(종)의 3문장이 문맥(내재율)을 이루는 시조를 쓰려고 노력했다.

이같이 형식과 명칭을 나름 설정해 놓았지만, 때론 형태적 이미지 변화만 답습할 것인가, 변별성을 내재적 가락(음보격 어휘)에서 찾을 것인가, 외형적 언어(음절과 어절)에서 찾을 것인가, 그냥 정형 비슷한 것이라고 우기며 계속 쓸 것인가에 다다르자 가락과 음절이 일치하고 변별성 있는 정형에 대하여 고민하지 않을 수 없었다. 그래서 필자가 2019년에 발표한『시조 논객』에서 제기한 이론까지 대입하여 정형적 가락 위주의 시가詩

歌를 읽는 시로 환치하여 우리네 정형시로 표현하려고 노력했다. 그 결과물을 모아 "만횡청, 보이는 것이 어디 전부랴"라는 표제를 붙여 전통 문학을 계승한다는 마음으로 어쭙잖은 또 한 권의 책을 내놓는다.

　우리 선조들의 詩歌 형식을 언어적 형식으로 바꿔보고, 時調를 詩調라고 부르며, 辭說時調를 自由詩調로까지 바꿔 부르면서 써나가는 내 글이 한 편의 詩가 된다면 그것으로 만족할 것이며, 한갓 雜文으로 평가될지라도 그것 또한 수긍할 일이다.

　2024.7. 茅亭堂에서 출간 준비를 마치고… 지은이 長在